AF461400

(294e)

CATALOGUE

ESTAMPES

De diverses Écoles anciennes

ALBERT DURER, PETITS MAITRES, EAUX-FORTES
MARC ANTOINE, REMBRANDT

XVIIIe SIÈCLE

Modernes et Lithographies

QUELQUES LIVRES A FIGURES

PORTRAITS ET DESSINS ANCIENS

DONT LA VENTE AURA LIEU

HOTEL DES COMMISSAIRES-PRISEURS

RUE DROUOT, 5, SALLE No

Au premier étage

EN OCTOBRE 1871

A UNE HEURE PRÉCISE

Me DELBERGUE-CORMONT, Commissaire-Priseur,
rue de Provence, 8,

Assisté de **M. VIGNÈRES,** Marchand d'Estampes,
rue de la Monnaie, 13, à l'entresol,

CHEZ LEQUEL SE DISTRIBUE LE CATALOGUE

PARIS — 1871

CONDITIONS DE LA VENTE

L'ordre du Catalogue sera suivi.

Elle sera faite au comptant.

Les Acquéreurs paieront CINQ pour CENT, en sus des enchères applicables aux frais de vente.

M. VIGNÈRES, dirigeant la Vente, se charge des Commissions.

NOTA. Toute commission, sans prix fixé ou sans limite déterminée, sera regardée comme nulle.

M. VIGNÈRES se charge de faire marquer les prix aux Catalogues des ventes qu'il a faites. Les personnes qui le désirent peuvent s'adresser à lui *franco*.

Plusieurs Amateurs éloignés en ont reconnu l'utilité pour les guider dans leurs achats sur les valeurs des Estampes.

Les Catalogues des Ventes à faire seront envoyés aux personnes qui en feront la demande *affranchie*.

AVIS. — Nous prions MM. les Amateurs éloignés de ne pas attendre au dernier jour, pour que les lettres arrivent le matin de la Vente: ils comprendront que quelques lettres peuvent se lire, mais de 20 à 50 lettres, c'est difficile.

Choix de Catalogues avec prix marqués.

	Messieurs	Brut		27.75 % Frais		net	
yé	le Bon. Boyer de Ste Suzanne	207	25	57	45	149	80
ayé	Jourdan	445	50	123	65	321	85
i en compte	Grojean Maupin	620	..	172	05	447	95
ay.	Varlot dans son compte	67	75	18	80	48	95
ayé	Bernay	10	..	2	75	7	25
	KN x	4 54	50	14	.5	40	45
		1,409	.	388	75	1,016	25

Papi 2

Chioro. Herqu 6 Lin 4

(294e)

CATALOGUE

ESTAMPES ANCIENNES ET MODERNES

DES DIVERSES ÉCOLES

1 **Aken** (J. Van). Paysages, 1 petit et 2 grands. 3 p.

2 **Almeloven.** Paysage avec rivière au milieu. Autre par Everdingen. 2 p.

3 **Architecture** civile, rurale et communale, par Duval, Kauffmann, Renaud, etc., petit in-fol. broché.

4 **Audran** (G.). Martyre de Saint-Laurent, 1er état. — Le Baptême, d'ap. Poussin, en 2 feuilles. 3 p.

5 **Beham.** Mère allaitant. — Deux Apôtres. — Enfant de Binck. — Stephanus et autre. 6 p.

6 **Boilly** (d'ap.). Prélude de Nina, par *Chaponnier*. Belle ép.

7 — Salon dans lequel une Guenon reçoit les hommages d'un Lion et d'un Ane et la visite de divers autres animaux habillés; au bas : *Quid rides?... de te tabula.*

8 **Bois** anciens. 1513. Mors pour les chevaux, titres, ornements, sujets religieux, etc. 120 p.

9 **Bois anciens.** Sallaert, van Sichem et autres. 25 p.

10 **Bois anciens**. Découpés tirés de la Bibliothèque bleue, Xylographie troyenne, Danse macabre. Nombre considérable, environ 8 lots.

11 **Bois modernes**. Canards, images d'enfants, jeux divers, etc., coloriés. 190 p.

12 **Boissieu**. Les petits Tonneliers.

13 **Bonnart** (Genre). Déshabillé de chambre, Femme de qualité, Dame à sa toilette, etc. 12 p. Valk ex.

14 — Dame de qualité à l'église, en robe de chambre; la belle amitié à la mode, etc. 11 p. J. Wolff ex.

15 — Femme de qualité en grisette, en steinkerke et falbala, en habit brodé, etc. Wolffgang ex. etc. 12 p.

16 **Bosse** (Abraham). L'Air; Sacrifice humain; pièces de l'ouvrage de Chapelain; 6 p.

17 **Both**. Paysages à l'eau forte. 4 p.

18 **Boucher** (d'ap.). L'agréable Solitude. — Le Château de cartes, le Pêcheur. 3 p.

19 — Têtes aux trois crayons, et autres. 4 p.

20 **Bourgeois**. Vues de Suisse. Sup. ép. et études de paysage. 16 p.

21 **Bronner** (X.) Petits matériaux lithog. 15 p.

22 **Bry** (Th. de)? Tombeaux enrichis d'ornements et statues antiques. 31 p.

23 **Bryant** (Joshua). Leçons de dessin, de paysages au lavis et aquarelle. 20 planches avec texte anglais.

24 **Cabel** (Van der). Paysages à l'eau-forte. 2 p.

Hoyn 25

Chior. Silu bonelat
3 fr.

Groj 2.50 Mahen 5

Chiaro voir

Papil. 35

Heo 3

Hedo 7.

25 **Callot**. Gueux, Histoire de la Vierge, Bohémiens, Éventail, grande Chasse et 2 Labelle. 21 p.

26 **Callot**. Fête de Florence; Combat de Veillane; Triomphe de la Vierge; Carrières et parterres de Nancy; Tours de Nesle et du Louvre; la grande Chasse; saint Sébastien, avec 3 copies différentes; le Jeu de boule et copie; les Entrées; les Supplices; Passage de la mer Rouge, avec 2 copies; Bénédicité; la Noblesse; les Gueux; paysages; fantaisies; Martyres des Apotres; sujets de la Passion; etc., etc. 346 p. par et d'ap. 3 lots.

27 **Camaïeux**. André Andreani, Antoine de Trente, fac-similé de dessins, etc. 7 p.

28 **Canova** (d'ap.). Six Bas-Reliefs dans le style antique, gravés au trait par Rocques. 6 p.

29 **Caricatures** par Dubendant, Monnier, etc. 20 p. noires et couleur.

30 **Carrache**. Adoration des bergers. — Vierge à l'écuelle. — Saint François d'Assise. — Saint Roch, etc. 6 p.

31 **Chapron**. Loges d'ap. Raphaël. 18 p. anciennes ép., avant l'adresse de Mariette. 1 seule ép. est avec l'adresse.

32 **Charlet**. Sujets militaires; d'enfants, etc. 28 p.

33 **Chauveau**. Vie de saint Bruno, d'après Le Sueur. 24 p. petit in-fol. carton. 2 exempl.

34 **Ciuti**. Campo santo de Pise en bistre. — La Chapelle Sixtine de Barbaza. 2 p.

35 **Cochin**, etc. (d'ap.). Illustration pour J.-J. Rousseau, in-4 et in-8; réunions d'épreuves avant la lettre et à l'eau-forte. 20 p. très-belles.

36 **Costumes** de théâtre, d'ap. Geoffroy, et autres d'ap. Gavarni et autres, noir et couleur. 30 p.

37 **Dé** (Maître au). Repas des dieux. — Christ au tombeau. — Joseph vendu. — Combat d'enfants, très-belle ép. 4 p.

38 **Demarne.** Paysages à l'eau-forte. 4 p.

39 Description générale de l'hôtel des Invalides, par Cochin. 22 pl. en tête et texte petit in-fol., vol. vieille reliure.

40 **D'Orschwiller.** Habitations suisses. 6 p. avec ton.

41 **Dujardin** (K.). Chèvres, moutons, etc. 4 p. dont 3 sur papier à la folie. — Le Vacher de P. Potter, déchiré. 5 p.

42 **Durer**. Nativité (B. 2). Jolie pièce.

43 Vierge sur un croissant (30). — Vierge à l'oiseau (34). — Vierge à la porte (45). 3 p.

44 — Saint Jérôme dans sa cellule (60).

45 — Le Paysan et sa femme. — La Vierge couronnée par deux anges. — La Vierge au papillon. 3 belles ép. mauvais état.

46 **Durer**. Le Paysan et sa femme, sur cuivre, et Adoration sur bois. 2 p.

47 **Durer**. Effet de la jalousie; le Cheval de la Mort; Mélancolie; pièces en bois, etc. 13 p. par et d'ap.

48 **Eaux-fortes** françaises et italiennes, plusieurs de la collection Camberlyn. 20 p.

Lecur. 4 50 Martin 20 Hurb. 8.

Groj 4.75

Groj 4.

Papit 4. Deiuny. Chioron
Papit 10. Chioron " " "

Papit 5. Chiorom Hed. 3.
Papit 5. Groj 6 Hag. 8 chioro. Voit

Papit 4. Chiorom

Voito 8 Chiorom Papit 15

S. Baron 15.

Papil. 17

fleur 3

49 **Eaux-fortes italiennes.** Baroche, Cantarini Guide, Sirani et autres. 10 p.

50 — Loli, Maratte, Meldola, Parmesan. 5 p.

51 **Ecole ancienne.** Judith de Jacques de Barbary, coupée. — Saint Nicolas d'Israël de Mecken, coupé. — Vierge sage. — Anonyme. 3 p.

52 **Ecole allemande.** Jésus conduit au Calvaire, copie d'après Martin Schon ; costumes de Josse Amman ; bois, etc ; 8 p.

53 **Ecole anglaise.** Portraits de femmes, par Fabert ; sujets divers, etc. 11 p. la plupart manière noire.

54 **Ecole flamande.** Berghem par et d'ap., Sadeler et autres. 27 p.

55 — Berghem, J. Miel, Roos, Stoop. 8 p.

56 — Cort, Pas, Sadeler, Téniers, etc. 12 p.

57 — La Visitation, de Goltzius ; et autres d'ap. Metzu, Mieris. Terburg, par Wille ; autre d'ap. Téniers ; paysages, etc. 37 p.

58 **Ecole française.** Paysages et autres. 18 p.

59 — Paysages à l'eau-forte par Demarne, Batailles de Le Brun et autres. 26 p.

60 — Sujets religieux, mythologiques, paysages, etc. 50 p. divers formats.

61 **Ecole italienne.** Bonasone, Caralius, Lefèvre d'ap. Véronèse, etc. 9 p.

62 — Parmesan, d'ap. Raphaël et autres. 10 p.

63 **Ecole italienne.** Sujets religieux, martyrs ; statues de personnages mythologiques ; etc. 35 p.

64 **Fac-simile** de dessins de Guerchin, Guide, Polidore, Vasari, etc. 20 p.

65 **Flamen.** Perdrix rouge. — Poule. — Brème, etc. 4 p.

66 **Franco.** Jésus à douze ans disputant dans le temple. B, XVI. 122. 9. 1er état avant Franco for.

67 **Fragonard.** Compositions grecques au trait, genre Flaxman. 43 p.

68 **Fyt.** Les deux Renards.

69 **Galerie du duc d'Orléans.** Paysages et sujets, diverses écoles; 18 p.

70 **Gavarni.** Des habits d'homme; vue de Corinthe; 2 p.

71 **Gelée** (Claude Lorrain). La Tempête (R. D. 5).

72 **Genoels.** Paysages, 3 p.; et par Gessner, en tout 5 p.

73 **Ghisi.** La Visitation. — Naissance d'Achille. 2 p.

74 — L'Ecole d'Athènes. — Dispute du Saint-Sacrement. 3 p. de 2 feuilles.

75 **Goltzius.** Les Parques, pièce ronde.

76 **Granville.** Les Tribulations du petit propriétaire; pièces tirées du journal *la Caricature*; 54 p. 2 lots.

77 **Greuze** (d'ap.). Le jeune Garçon et le chien de Terre-Neuve, par Schultze.

78 **Hogemberg.** Scènes de la Ligue, Tournoi d'Henri II, Etats d'Orléans, Anne Dubourg, Th. de Beze, Saint Barthélemy; Amboise, affaire de la Renaudie; Bataille de Dreux et autres. 17 p.

79 **Hollar.** Groupes d'enfants jouant avec chèvre et tigre; 2 p. très-belles ép., grande marge.

ior

apit 2. Med. 1.

hior malade

hior malade

hior Med. 2
log. 8 chior

harb. 6 . . . .

Med. 1.50

Herb. 20 Toussaint 20 Rifaut 30 Barbier 4

Toussaint 2

Lemr 8

Hed. 1

Herb. 5 Chior

Chior

Chior

80 **Hollar** et Hackert. Paysages à l'eau-forte. 3 p.

81 **Huret** (Grég.). Passion et sujets religieux. 14 p. in-8°, toute marge.

82 **Illustration** pour Béranger, par Henri Monnier. 16 p. lithog. in-8 coloriées, superbes, toute marge.

83 — pour Béranger, vignettes à claire-voie de la 1re Suite de Perrotin, marge, in-8. 39 p.

84 — pour Don Quichotte, d'après H. Vernet et Eug. Lami. 11 p. in-8 et une eau-forte d'ap. Deveria. 12 p.

85 — Vignettes diverses, anglaises, françaises, bois et autres. 45 p.

86 — pour Racine, in-fol. 57 p. en feuilles, dont le titre d'ap. Prudhon.

87 **Joncker**. Les quatre Lévriers, jolie eau forte. — Cheval par P. de Laer. 2 p.

88 **Jules Romain** (d'ap.). Le génie de Bacchus traîné par des tigres, le génie de Pan traîné par des chèvres. 2 sujets d'Amours, avec fond noir, in-fol.

89 **La Belle**. Sièges de Saint-Omer, — Piombino, — Porto-Longone. 3 p. in-fol.

90 — Figures variées, marines, paysages, etc. 54 p.

91 **La Belle**. Prise de Longone; Chasse à l'ours, cerf et autruche; têtes, paysages, etc. 133 p. 2 lots.

92 **Laruelle**. Marche funèbre des corps religieux et autres pour l'enterrement du duc de Lorraine. 11 pl.

93 **Lasinio**. Ivresse de Noé, grand in-fol. d'ap. Gozzoli.

94 **Leclerc**. Vie et miracles de saint Benoît, avec entourage. 29 p. avec le titre.

95 — Batailles de Burick, de Dinant, de Palerme, etc.; emblèmes; sujets et vues diverses. 73 p.

96 **Leroy**. La Volière des oiseaux : groupes d'oiseaux divers. 9 p. toute marge; en forme de frises.

97 **Lithographies**. Le Poitevin, et autres; sujets et paysages. 32 p.

98 — Pièces tirées de l'*Artiste* et autres, eaux-fortes et lithog. 30 p.

99 — Bellangé, Deveria, H. Vernet; sujets divers. 21 p.

100 — Charlet, Grenier, Johannot, Léopold Robert, etc. 8 p.

101 **Lucas de Leyde**. Adam et Eve; Mort d'Abel; Jésus tenté; David; Apôtres; 9 p. originales, et autres copies. 22 p.

102 **Luyken**, Decker et autres. Batailles des Flandres. 19 p. in-fol.

103 **Masson**. 1779. Suite de frises antiques tirées du palais Spada à Rome, combats de Centaures. 12 p. au trait.

104 **Meyeringh**. Paysages à l'eau-forte. 4 p.

105 **Molenaer**. Les Chanteurs, eau-forte rare.

106 **Moncornet** (chez). Le Carrousel fait sur l'Arne, à Florence, pour le mariage du grand duc. 19 p. avec le titre; grande marge.

Martine 5

Lin 10. Velo 10. Papier 12. Heo 15. Chier

lebec 1.50 . .
Papier id. Heo. 1.

Hédo. 1.50 Grof. 3.50

Lecur 6

Ogier 10. E. Baron 15. Lim 8

Hed. 2 R 30

Hed. 3 Chiar. E. Baron. 20

Hub. 15 Martin 6 Lecur 5

107 **Montaigne**. Marine et port de mer. 2 petites p. très-belles en 1er état.

108 **Moreau** (d'ap.). Histoire de France en 164 p., avec texte au bas. In-4°, broché.

109 **Muller**. La madone de San Sisto di Rafael.

110 **Norblin** (Œuvres de). Son portrait; petites têtes; sujets religieux et autres, etc. 50 p.

111 **Ornements**. Lepautre : vases, etc.; Ranson : Lettres de fleurs; trophées, cartouches, etc. 20 p.

112 **Ornemens**. Petits maitres découpés, etc. 30 p.

113 **Pencz** (Georges). Mars, Tobie et Rachel, bon Samaritain, Musique, et autres. 7 p.

114 **Petits Maîtres**. Aldegrever, I. B. Stephanus, etc. 21 p.

115 **Picart** (Bernard). Le Lutrin, poëme héroï-comique, divisé en six chants. 7 p. dont le titre, avec entourage; magnifiques ép. in-4°, toute marge.

116 **Pièces historiques**. Entrevue de Louis XIV et de Philippe IV. — Mariage de Louis XIV. 2 p. in-fol.

117 — Allégories, Présenté à Joseph II, et autres. 7 p. in-fol.

118 **Pièces historiques**. Charte constitutionnelle; la Religion triomphante; le Jugement dernier; et autres p., la plupart grand in-f°. 9 p.

119 **Pièces en couleurs**, sanguines; d'ap. Kauffmann, Sergeant et autres. 10 p.

120 **Ponce**. Recueil des événements de la guerre d'Amérique. 16 p. in-4°, vol. oblong.

121 **Poussin** (d'ap.). Charité romaine, le Baptême, Jésus et la Samaritaine. 3 p.

122 — Sacrements, sujets religieux, Pyrrhus, paysages, etc. 20 p.

123 **Prudhon** (d'ap.). Jésus portant sa croix. — La Justice et la Vengeance divine. 2 p. par Roger.

124 **Raffet**. Deux batteries de la citadelle d'Anvers; vignettes d'ap. lui, etc. 14 p.

125 **Raimondi** (Marc-Antoine). La petite Peste, sainte Famille, saint Philippe, la cassolette, saint Georges, Transfiguration, etc. 13 p.

126 — La Reine de Saba (B. 13).

127 — Martyre de saint Laurent (104).

128 **Raphael** (d'ap.). Fac-simile, sainte Marguerite, sainte Famille, etc. 11 p.

129 **Rembrandt**. Son portrait appuyé (B. 21). Déchiré et rogné, ép. papier à la folie.

130 — Homme sous une treille (257). — Tête d'homme chauve et grande barbe (323). 2 p.

131 — Tête de vieillard à barbe. — Autre de profil en ovale. 2 p.

132 **Rembrandt** (d'ap.). La Plumeuse de coq; Mère de Rembrandt, manière noire, par Watson, avant la lettre.

133 **Rembrandt**. Eaux-fortes diverses. 22 p.

134 **Ribera**. Les 2 compositions de saint Jérôme entendant la trompette de l'ange. Martyre de saint Barthélemy, contre-épreuve. 3 p.

135 **Rogman** (R.). Paysages, 3. — Beich et autres. 6 p.

136 **Saft-Leven**. La Maison au bas du rocher.

Delp. 5

Delp 10.

R

n 15 Chiar

iency Chiar
iency Chiar
leuer 1 50

apir 2. Grop 2.75. Chiar Med. 3.

pit 4. Chiar Med. 2

apir 4. Chiar Med 2

Groj 2

in 20 Varlo 6. Papir 15 Hoy. 10

leion 1 50

Papir 2.

Chior
Papie

Lin 2

Papil 4

137 **Saint-Non**. Groupes, Figurines, Bas-Reliefs, Vases, Trépieds et autres objets antiques. 67 motifs sur 14 feuilles.

138 **Salvator Rosa**. Figures, soldats. 27 p. à l'eau-forte.

139 **Schalle** (d'ap.). Le Modèle disposé, par Chaponnier.

140 **Silvestre** (Israël). Vue du Luxembourg, des Bonshommes, et autres de France et d'Italie. 13 p.

141 — Première journée de l'Ile enchantée ; le Carrousel devant les Tuileries, en 8 pl. dont le titre. 9 p.

142 **Spierre**. Sainte Famille. — Christ en croix, de Perrier. 2 p.

143 **Statues** du Musée Pio Clementin et Bas-Reliefs divers. 25 p. avec marges.

144 — et Bas-Reliefs divers. 40 p.

145 **Suemeren**. Les Apôtres, d'ap. Golztius. 12 p. rondes.

146 **Sujets religieux** sur le Christ, la Vierge, saints et saintes. 23 p.

147 **Sujets religieux.** La Passion, saints et autres, gravés et lithog. 114 p., 2 lots.

148 — Costumes religieux, chevaliers d'ordres. 118 p.

149 **Tiepolo**. Têtes de caractère, Orientaux, etc. 14 p. à l'eau-forte.

150 **Uden** (L. Van). L'Arbre au milieu (III), eau-forte.

151 **Velde** (A.V. de). Le Cheval, le Bouvier et autres bestiaux. 6 p.

152 **Venitien** (Aug.). Diogène, les Evangélistes, sainte Famille, etc. 8 p.

153 **Vernet** (d'après Horace). L'Évasion : Mme Lavalette et son mari dans la prison, par Reynolds; manière noire, in-fol.

154 **Watteau** (d'ap.). Têtes de Fillœul, Huquier, etc. 18 p.

155 — Le Bal champêtre, par Couché.

156 **Waterlo**. Paysages à l'eau-forte. 14 p.

157 — Paysages grands et petits, 6. — Swanevelt, 4. En tout, 10 p.

158 **Wierix**. Saint Dominique et la Vierge. — Saint Urbain et Annonciation, par Mariette. 3 p.

159 **Zeeman**. Marines. 2 p.

160 **Vues** de Nancy, et autres villes du pays ; églises lithog. et coloriées; monuments divers, etc. 34 p.

161 Etudes de paysages lithog. par Bertin, Cogniet, Villeneuve et autres. 30 p.

162 Etudes de paysages gravés et à l'aquarelle. 26 p.

163 **Divers**. Ecole anglaise et autres. 10 p.

164 **Divers**. Sujets, paysages, vignettes, etc.; environ 480 p., formera 6 lots.

165 **Ecoles anciennes** diverses. Les Triomphes, d'après Titien, et autres d'après Carrache, Lesueur, etc. 27 p.

166 — Portraits et pièces diverses gravées et lithog. 64 p.

167 Portraits et pièces diverses anciennes. 54 p.

apit 5.

Barron 8.

1.
2.
4.

Mourin 5 Delp. 2

Groj. 2

Martine. 2

Mahen 9 Martin 2 Delp. 4

Groj 1.75

Houz. 1.50 Mour. 1.75

PORTRAITS

168 **Alix**. Dubus Preville en couleur, grand in-4.

169 **Cochin** (d'ap.). Duchange, Dumont, Hallé, Lemoine et autres. 8 p. in-4.

170 **Demarteau**. Portrait de Madame Geoffrin, sanguine.

171 **Drevet**. Portrait de Fénelon, in-4, belle ép.

172 **Dyck** (Van). Erasme, eau-forte originale, et autres portraits. 14 p.

173 **Edelinck**. Jésus portant sa croix. — L'Ange. 2 petites pièces.

174 — Portraits de Ph. de Champagne. — Le Brun. 2 p.

175 — Le Christ aux anges, très-grand in-fol., ancienne ép. mauvais état. — Sainte Madeleine, d'ap. Champagne. 2 p.

176 — Portrait de Mme de Sévigné, coupé à l'ovale.

177 **Ficquet** et Savart. Buffon, Molière, Montaigne, Mme Deshoulières. 4 p.

178 **Morin**. Portrait de Franque, peintre.

179 **Nanteuil**. Gilles Menage. R. D. 188. 1er état.

180 **Wille**. Portrait de Nicolas Le Cat, médecin.

181 **Artistes**. Peintres, architectes, graveurs. 40 pièces.

182 — Peintres, acteurs, musiciens. 10 p. in-fol.

183 **Acteurs**, Actrices, musiciens, etc. 100 p. 2 lots.

184 **Clergé**. Théologiens, ministres protestants, réformés, religieux, ecclésiastiques divers. Environ 190 p. 3 lots.

185 — Bossuet en pied, par Drevet, Dubois, Téniers, et autres, in-fol. 18 p.

186 **Femmes célèbres**. Héroïnes, reines, maîtresses, princesses, religieuses, etc.; environ 100 p. 2 lots.

187 — Mesdames Le Brun, duchesse de Lorraine, Rachel, Georges Sand et autres. in-fol. 18 p.

188 **Hommes d'Etat**. Ministres, députés, orateurs, jurisconsultes, ambassadeurs, etc. 195 3 p. lots.

189 **Hommes de guerre**. Commandants, généraux, marins, etc. 99 p.

190 **Littérateurs**. Poëtes, philosophes, historiens, auteurs dramatiques, etc. 150 p. 3 lots.

191 **Savants**. Astronomes, chimistes, naturalistes, etc. 52 p.

192 — Médecins, chirurgiens et autres. 55 p.

193 **Rois** et princes français et étrangers. 82 p.

194 — De France, in-fol. 11 p.

195 — Princes et autres célébrités. 36 p. in-fol. 2 lots.

196 **Portraits**. Littérateurs, ecclésiastiques, etc. 50 p.

197 — Députés, généraux, révolution et empire; Poniatowski, etc. 50 p.

198 — Ducs, princes et autres personnages de la Lorraine. 8 p.

199 — Peintres, rois, et personnages divers. 50 p.

200 — Célébrités diverses, etc. 54 p.

201 **Portraits** divers gravés et lithog. 49 p.

lp. 6.

Hog. [illegible]

Hed. 4 Chiaro. Hog 12 [illegible]

Hed. 2

Hed. 2

Hed. 1 Hog 3

Hog 3

DESSINS

202 **DESSINS**. Exercices de Franconi. 2 aquarelles et têtes et autres études. 28 p.

203 Esquisse à l'huile :les Termes de Caracalla, par un élève de Bertin.

204 **AMMAN** (J.). Entrée triomphale en avant d'un parc, à la plume, lavé.

205 **BLONDEL**. Statue du Christ mort pour devant d'autel, à l'encre de Chine.

206 **BUSNA**. Idylles, 2 gouaches sur vélin.

207 **CALLOT**. Soldats, chars, etc. 4 dessins à la plume, dont 3 sur vélin.

208 **CHARLET**. Dame assise, de profil, croquis crayon noir sur papier bleu.

209 **DAVID**. Blessé soutenu par un commissaire d'armée, un canon est derrière eux. — Œdipe? groupe de trois figures, de l'école. 2 croquis au crayon noir.

210 **DELARUE**. Titre des divers sujets militaires. Fontaine avec figures dont un trompette, cavalier faisant abreuver ses chevaux. Joli dessin au bistre.

211 **DESRAIS** et autres. Titres et sujets religieux, saints, saintes, etc. 18 dessins in-8° à l'encre de Chine.

212 **ECOLE FRANÇAISE**. Genre Fragonard et autres. 5 p.

213 **EISEN**. Vénus et Vulcain, charmant dessin, très-net, d'une exécution légère. Crayon.

214 **GÉRARD** (F.). Jeune fille à sa toilette, croquis crayon. — Tête de saint à grande barbe, par Girodet, avec la lithographie par Albrier (saint Jean l'Évangeliste). 3 p.

215 **LABELLE**, Silvestre, etc. 8 dessins, croquis à la plume.

216 **LAFITTE** (Genre). Satyres, bacchantes, nymphes, sujets pour panneaux d'Herculanum. 7 dessins à l'encre de Chine.

217 **LEPICIE**. Jeune paysan, au bistre. — Autre attribué à Watteau, au crayon. 2 p.

218 **MARILLIER** (C. P.) inv. 1792. Deux dames visitant le maréchal de Richelieu dans sa prison? un valet les éclaire avec une chandelle. Charmant dessin in-8, lavé à l'encre de Chine avec le plus grand soin, belle marge.

219 **OUDRY** inv. et fec. Singe fauconnier contemplant son oiseau qui terrasse une grue, sanguine signée.

220 **PERIGNON**. Paysage, temple de Vesta? belle aquarelle.

221 **SANSONETTI** et autres. Paysage, sujets divers. 8 aquarelles, pourra être divisé.

222 **DIVERS**. Histoire naturelle, aquarelles, animaux, sanguine et crayon. 10 p.

223 — Costume de Louise Duval, officier, mousquetaire et autres. 7 aquarelles et croquis.

Louis 6 50 Ulric Hoy 3

Baron 6. Louis 5

Hoy 7.

Louis 6. Hoy 6

Baron 8.

Baron 10. Dieny Louis 3.50 Ulric R 50 Hoy 8

Dieny Louis 9 Ulric, Lapert. 12. Hoy 2, ... 2.

Hoy. 5

Hog. 20

Hog 5

Hog 4

224 — Costumes charges de Robert, caricatures, genre Platel et autres, 14 p. aquarelles, plume, crayon.

225 — Ornements, architecture, décorations d'intérieurs, panneau genre Pillement et autre. 13 p. aquarelles, etc.

226 — Portraits de Jean de Bourbon, original pour la gravure de la gal. de Versailles de Gavard et autres. 6 p.

227 — Académies, paysages et autres. 14 dessins à la sanguine.

228 **DIVERS**. Sujets religieux, crayon, plume et lavis. 10 p.

229 — Croquis et dessins de diverses écoles et divers genres. 33 p. Pourra être divisé.

230 — Sous ce numéro ce qui ne serait pas catalogué.

RENOU et MAULDE imprimeurs de la Compagnie des Commissaires-Priseurs, rue de Rivoli, 144. 11835

6	Bossange 6		
6	Reinwald 6		
1	Chiry New-york		15
1	Copenhague		10
1	Alger Capitlier		6
1	Marchand		6
43	Etranger	2	75
233	France	14	..
50	Paris Banlieu	3	..
220	distribution a Paris	10	..
		30.12	

Transport a l'hotel	3.
2 mains chemises	3.
Honoraires	74.
	110.15
Frais du Com. Priseur	348.50
	458.65
deduction 5% acquereurs	70.45
	388.20

Frais
27-75 %

1409
27-75 %
7045
9863
9863
2818
390/99/75

28% 394.52.

Mon cher Monsieur,

Le produit de la vente du 7 octobre 1871 est de — 1409 »

Tous les frais, débours et honoraires, (excepté les vôtres) sont de — 348.50

1060.50

votre très dévoué

Benard

338.50

19 octobre 1871

Envoyé le Compte le 19 9bre 1871

294e

7 8bre ~~28. 29. 30 Sept.~~ 1871

Mr Varlot

6. Boilly. Prelude de Nina	.	1	25
10. Bois anciens. 8 lots ~~tout reuni~~ demandé	.	27	..
11. — modernes. 190 p.	o	5	..
89. La Belle. 3 p.	...	5	50
90. 54 p.	o	5	
139. Schalle (d'ap.) Le modèle disposé.	.	1	25
147. Sujets religieux 114 p. 2 lots.	o o }	8	..
148. 118 p.	o }		
164. Divers. 480 p. 6 lots.	...	10	75
202. Dessins 28 p.	o	4	..
		67	75
Frais 27.75 %		18	80
		48	95

294e 7bre

7. 8bre ~~20.29.30 Sept.~~ 1871.

FEV

8. Bois anciens 1513. 120 p.	o	5	50
20. Bourgeois. 16 p.	o	1	50
22. Bry. ! 31 p.	o	1	..
23. Bryant. 20 pl. et texte	o	3	..
28. Canova. 6 p.	o	.	..
40. D'Orschwiller. 6 p.	o	2	25
64. Fac-simile. 20 p.	o	4	75
67. Fragonard. 43 p.	o	3	..
86. Illustration pr Racine 57 p. in f°	o	8	..
103. Masson. Centaures frises	o	2	25
137. Saint-Non. 67 motifs s/ 14 feuilles	o	3	..
143. Statues du Musée Pio-cl. 25 p.	o	} 12	..
144. — et Bas-reliefs. 40 p.	o		
			5
A Reporter		46	25

Report	46	25
161. Etudes de Paysages. lithy. 30 p.	3	25
162. vues. 26 p.	5	
	54	50
	14	05
	40	45

294e Bordereau

2	Almloven	Papillon	1	50
8	Bois	Hocquet	5	50
23	Bryant	Mahieu	3	..
32	Charles	Hedou	5	..
35	Cochin	Martin du Chesney	14	
37	Dé	Grosjean	4	
41	Dujardin	Grosjean	2	
42	Durer	Lieurey	17	
43	— 3 vierges	Chiaromontey	11	
44	— St Jerome	Chiaromontey	15	
46	— Paysan en 2 p.	Chiaromontey	8	50
57	E. Flam 37	Papillon	11	
66	Franco	Chiaromontey	5	
78	Hogenberg	Harbiez	4	
81	Huret		1	75
83	Beranger	Toussaint	3	..
86	Racine	Lieurey	8	
89	Labelle 3	Chiaromontey	5	50
99	Bellange etc	Martin du Chesney	[illegible]	
101	Lucas de Leyde	Chiaromontey	15	
113	Poncy	R	7	
114	Petits maîtres	Baron	3	
115	B. Picart Lutrin	Harbiez	8	
121	Poussin	Delpit	3	
122	— 20 p.	Delpit	5	
123	Prudhon	R	4	
125	Marc antoine 13 p.	Lind	12	
126	— Reine de Saba	Lieurey ~~Chiaromontey~~	9	
127	— St Laurent	Lieurey ~~Chiaromontey~~	42	
129	Rembrandt	Chiaromontey	[illegible]	50
130	— H. sous treille, tête 2.	Chiaromontey	9	50
131	— 2 p.	Chiaromontey	8	
133	— 22 p.	Lind	16	
162	Etudes de paysages	E. Baron	5	
164	Divers 44 p.		2	50
169	Cochin 8 p.		7	
170	Geoffrin	Mourier	2	50
176	Sévigné ovale		2	50
183	Acteurs 50		15	
190	Littérateurs 50		8	
200	Divers		9	
			337	25

Dessins		337	25
207. Callot	Hoque.	12	.
212. E. Franco	Hoque.	3	.
216. Lafitte	Hoque.	6	50
218. Marillier	R.	35	.
219. Oudry	Fiessy.	13	.
225. ornements	Hoque.	5	.
228. Divers	Hoque.	2	.
		f. 413	75
		20	70
		434	45

Envoyé le Compte le 18. 9bre 1871 ~~septembre~~ octobre 1871

294e Mr Grosjean Maupin ~~[illegible]~~

3. Architecture civile, etc. petit in-f° broché 1 vol.		1	25
7. Boilly. La Gamme [illegible]	0	0	..
13, 12 p. – 14, 11 p. – 15, 12 p. Bonnart.	0	5	50
14	0	6	..
15	0	8	..
16. A. Bosse. 6 p.	0	3	50
21. Bonnet. 15 p.	0	1	..
26. Callot. 346 p. 3 lots.		46	..
29. Caricatures. 20 p.	0	2	50
31. Chapron. vitrage. 15 p.	0	3	50
32. Charlet. 28 p.	0	5	..
33. Chauveau. 24 p. 2 ex.	0	1	50
35. Cochin, etc. (dép.) 29 p.	0	14	..
36. Costumes. 30 p.	0	3	..
47. Durer. 13 p.		10	50
48. Eaux fortes. 20 p.	0	15	50
52. École allemande. 8 p.	0	2	25
53. École anglaise. 11 p.	0	4	50
57. École flamande. 37 p.	0	11	..
60. École française. 50 p.	0	6	50
63. École italienne. 35 p.	0	5	..
69. Galerie du duc d'Orléans. 18 p.	0	4	..
70. Gavarni. 2 p.	0	1	..
76. Granville. 54 p. 2 lots.	00	9	50
79. Hollar. 2 p.	•	4	50
81. Huret. 14 p.	0	1	75
82. Illustrations pour Béranger. H. Monnier 16 p.		42	..
83. Pierrotin 39 p.	0	3	..
84. Don Quichotte in-f. H. Vernet 12 p.	0	1	..
85. Vignettes anglaises, etc. 43 p.	0	3	25
88. Jules Romain (cat.) 2 p.		1	
91. La Belle 133. p. 2 lots.	0	25	..
92. Lancelle. 11 id.	0	1	..
94. Leclerc. 29 p. – 95. id. 43 p.	0	11	
95			
96. Leroy. 9 p.	0	2	25
97, Lithog. 32 p. – 98 id. 30 p. – 99, id. 21 p.	0	7	..
98.	0	4	..
99. 101. Lucas de Leyde. 22 p.	0	16	..
102. Luyken. 19 p. in-f°		2	25
106. Moncornet. 9.	0	5	..
108. Moreau (ses) 164 p.	0	7	..
110. Norblin. 50 p.	0	17	..
111. Ornements. 20 p.	0	6	..
114. Petits Maîtres. 21 p.	0	8	..
115. Picart. le Lutrin 7 p.	0	8	..
118. Pièces historiques. 9 p.	0	3	50
119. Pièces en couleur. 10 p.	0	4	..
		354	00

294e Vte Suite Mlle Grosjean.

			354	..
120.	Ponce. Événements de la guerre d'Amérique 16 p.		5	..
122.	Poussin. 20 p.	o	5	..
124.	Raffet. 14 p.	o	1	..
133.	Rembrandt. 22 p.	o	16	..
138.	Salvator Rosa. 24 p.	o	12	..
140	Silvestre. 13 p. — 141 id. 9 p.	o	2	..
141.		o	2	25
145.	Suemeren. vues de châteaux. 12 p.	o	6	50
146.	Sujets religieux. 23 p.	o	2	75
149.	Tiepolo. 14 p.	o	1	50
153.	Vernet (Carl. H.) Ovation de Lafayette	.	1	75
154.	Watteau (d'ap.) 14 p.	o	5	50
160.	Vues de Nancy, etc. 34 p.	o	3	50
172.	Égypte. Gravures, etc. 14 p.	o	2	25
196.	Portraits. Littérateurs, etc. 56 p.	o }	5	..
197.	Députés, généraux; 56 p.	o }		
198.	Ducs, princes lorrains. 8 p.	o	2	50
199.	Peintres, Rois, divers 56 p.	o	1	75
200.	Illustrations diverses 54 p.	o	9	..
204.	Auman. Entrée triomphale.	.	3	50
205.	Blondel. Statue du Christ mort	.	2	..
206.	Bubna. Idylles. 2 gouaches	..	2	75
207.	Callot. 4 dessins sur vélin	....	12	..
208.	Charlet. Dame attitude (profil)	.	2	25
209.	David. 2 croquis crayon noir	..	2	25
210.	Delarue. Tête.	.	3	25
211.	Desrais 18 p.	. o	5	..
212.	École française. 5 p.	o	3	..
213.	Eisen. Vénus et Vulcain	.	13	..
214.	Gérard 3 p.	...	7	..
215.	Labelle 8 p.	::::	7	50
216.	Lalitte 7 p.	.:::	6	50
217.	Lépicié 2 p.	..	10	..
218.	Marillier. Femme visitant [illegible] en prison	.	35	..
219.	Oudry. Singe fauconnier	.	13	..
220.	Perignon. Temple de Vesta?	.	5	50
221.	Saussonnette 9 p.	o	15	..
222.	Divers. Histoire natle 10 p.	o	3	..
223	Costumes [illegible] 4 p.	:::	2	75
224.	charges [illegible]; 14 p.	o	2	75
225.	Ornements, etc. 13 p.	o	5	
226.	Portraits: [illegible] 6 p.	:::	4	
227.	Académies, 14 p.	o	5	
228.	Sujets religieux 10 p.	o	2	
229.	Croquis divers. 33 p.	o	7	75
			620	00
	Frais 27-75 %		172	05
			447	95

www.ingramcontent.com/pod-product-compliance
Ingram Content Group UK Ltd.
Pitfield, Milton Keynes, MK11 3LW, UK
UKHW020444180726
13839UKWH00004B/1613